KB119463

말끝에 매달린 심장

말끝에
매달린

심장

시인수첩 시인선 008

이지호 시집

OO 문학수첩

"참 좋은 인연입니다"라는 말을 좋아한다.
하나보다 둘이어서 예쁜 사이를 좋아한다.

어긋남의 연속에서 견딜 수 없는 무게에 펜을 든다는 것.
그래서 시를 쓴다는 것.

참 좋은 인연으로 심장이 뛰었으면 좋겠다.

2017년 좋은 날에
이지호

2부

3부

4부

해설 | 유성호(문학평론가, 한양대학교 국문과 교수)
근원적 감각을 통한 기억과 꿈의 형식—이지호의 시 세계 · 131

1부

신기루

어떤 풍경은 제 몸피를 기억하지 못한다

검은 눈동자만을 향해 조각조각 자르는

배경으로 만나는 옆과 옆

검은 곳에서 한 생명이 흘러내린다

염분으로 절여져 얌전한 숨결

뒤척이는 두 겹에 맺히는

함께하자는 말

눈은 불현듯 비어 가고

물음표를 던진다

우리는

—포유류는 살아 있는 동안 심장이 십오억 번 뛴다. 그러나 멈추는 시간은 다르다.

베란다 한 켠에서 햄스터의 심장이 뛴다 소파에서 텔레비전 보는 인간의 심장이 뛴다 텔레비전에서는 사바나 초원 아프리카코끼리의 심장이 뛴다

뛴다는 말끝에
살아 있다는 말끝에
서로라는 말끝에
매달린 심장

햇살이 키우는 심장이 뛴다 물소리가 키우는 심장이 뛴다 외부가 내부의 혈색을 살피며 뛴다

느리거나 빠르게 흐르던 시간이 향하는 집합점(集合點)
손목이 된 시계의 초침
수평이 하나의 찰나로 변해
기울어지는 점

하나의 시계판 위에 각자 다르게 걸려 있던 시간이

햄스터 인간 아프리카코끼리가
어느 한 시점에서 만날 때
심장이 닮아서 멈출 때
서로 다른 시간에 서로를

안아 주라고 심장은 뛴다

돼지들

어느 날 돼지들이 사라졌다.

노란 우의를 입은 사나이가 피리를 불었다고 했다. 꽥
꽥 노래를 부르고 춤을 추며 돼지들이 따라나섰다 했다.
돼지를 몰고 가는 바람의 목관에 몇 개의 구멍이 있었다
고 했다. 그 구멍 속으로 돼지들이 산 채로 묻혔다고 했
다.

마을에 낯선 투명한 음계들이 떠다닌다.
마을의 지하 군데군데가 팽창하고
증오는 모두 네 개의 발자국을 가졌다는 소문이 돌고
막걸리잔에 붉은 핏발들이 가라앉았다.

골목엔 안개가 돌아다니곤 했다고 했다. 그 위로 은화
같은 봄꽃이 떨어지고 몇몇은 돼지 발굽 모양이라고 우
기기도 했다. 돼지들이 사라진 마을에 꽥꽥대는 고요가
돌아다닌다고 했다. 텅 빈 돈사마다 기르던 예의를 가두
고 조용히 문을 닫았다고 했다.

병든 발굽을 하고 봄이 지나가고
음계의 어느 쉼표에도 돼지들이 살지 않는다.
포클레인 몇 대가 지방도를 따라 지나갈 뿐
사라진 돼지들이
우적우적 마을을 먹어 치우고 있다.

그리고 어제
최씨 성을 가진 한 사내가 빈 돈사에 목장을 맸고 오늘 마을 입구로 포클레인 한 대가 천천히 들어오고 있다.

풍천장어

풍천(風川)이라는 말에는
어느 곳에도 속할 수 없다는 슬픔이 담겨 있다
바람을 온몸으로 이끌고 짠물에 드는 뱀장어
등지느러미 하나로 버텨야 하는 몸이
밤처럼 검고 미끄럽다

뒤틀며 나아가는 것의 길은 구부러진 후미를 남긴다
숨기고 싶은 것이 많은 것은 밤과 친하고

배가 부른 여자는 물 밖에서 살았다 밝혀지지 않은 산
란처가 있듯 배 안의 새끼는 보이지 않게 태어나야 한다
민물의 밋밋함보다 짠맛을 먼저 알려 주어야 하는 아이
하나를 데리고 사라진 후미에
미끄러운 소문만 무성하다

발이 없어 방향도 남아 있지 않은 봄
제짝이 없는 계절들만 뒤처져 행락으로 소란하다
둘이 하나를 만들지 못하고

하나가 하나를 만드는 일이 봄날사(史)에 다분하다

벚꽃이 손을 잡고 풍천에 든다
여자가 남겨 놓고 간 체불 월급이 불룩하다
바람이 물을 섞고 있는 곳
한 계절이 횡허케 빠져나가고 있다

물은 옮겨 다닌다

밥상 위에 국경이 생겼다
맛을 결정하는 국경
국경을 믿고 우리는 숟가락을 든다
우리가 믿는 것이 맛을 결정한다
혀가 맛을 본다는 말은 거짓말이다

*

한국, 부산

후쿠시마 원자력 발전소를 덮친 쓰나미 이후
고등어는 국적을 갖게 되었다
주부는 일본산 생선을 먹지 않는다
밥상을 차리는 아침마다
지구 반대편 소식이 궁금하다
신문을 장식하는 나라 밖 기사가
반찬값의 결제를 내린다
노르웨이는 안전하다고 한다

안전은 값을 가지게 되었다
그녀는 시장에서 노르웨이산 고등어를 산다

노르웨이는 어느 날부터 맛있어진다

케냐, 나이로비

한국에서 사라진 일본산이 나이로비*에서
새로운 입맛으로 길러진다

올리치는 고등어를 먹는다
희박한 공기 속을 달리는 긴 다리 마라토너
초원 한가운데 모던한 도시처럼
이국의 노래를 들으며 값싼 이국의 먹거리를 찾는다
구간이 긴 먹거리의 마라톤은 몰라도
배를 채울 고등어는 안다

—이건 저에게 새로운 맛이에요

—생선 기름은 우리를 건강하게 해 준다고도 하더군요

차가운 물의 도시
사바나 너머에서 건너온 생선의 맛은
아무것도 알려 주지 않지만
그들의 혀를 사로잡는다

일본을 값싸게 산다
통째로

일본, 후쿠시마

2020년 올림픽이 일본에서 열린대요
안 먹는 고등어를 외국 선수들이 와서 먹을 거라는
소문이 돌아요

엄마는 아침마다 아이의 안색을 살피고
동네는 밖을 잃어버렸어요

여기에 남은 이야기는 누구도 읽지 않는 책으로
아무렇게나 놓여 있어요
이제 돌아갈 수 없는
마을에 대한 이야기는 동화가 되었어요
엄마와 자주 가던 어시장이 텅 비었어요
어제의 북적임은 동화 속으로 들어갔어요
후쿠시마와 어울리지 않는 노래는 부르지 않을래요

전에 먹던 밥도 이제 동화의 맛이 되어 버렸어요
동화의 촌수로 우리는 친구래요
고등어를 나누어 먹고 함께 놀던
친구의 포옹을 생각해요

시장에서 고등어를 찾을 수 없어요
시장은 이제 고장이에요

미국, 로스앤젤레스

태평양은 가둘 수 없는 공간이지
그래! 우리는 이 바다를 공유하고 있지
아름답게 포장하기에 우정은 제격이더군

있는 그대로 보여 주는 날것의 맛은 재미없지
그건 어른의 맛이 아니라고
우리가 그들을 친구라고 부르는 건
내가 하려는 장사에 도움이 되기 때문이지
그런 걸 약속이라고 부른다고
약속의 무게가 생명의 무게라고 말하는 데엔
다 이유가 있지
다른 어느 나라에서 고등어를 사 준다고 해서
우리까지 그럴 필요는 없지
고등어를 살 필요가 없다네

꼭대기에 있으면 손에 쥐어진 것이 많지
결핍도 즐긴다네

*

먹을거리는 국경이 없고
입맛이 국적이다
물은 옮겨 다닌다
다만 우리는 희석된 재앙을 먹어 치울 뿐이어서
오늘 아침도 월경한 미래의 재앙을 차린다

* 케냐의 수도. 마사이어로 차가운 물이란 뜻.

부유하는 평수

풀숲을 다녀오지도 않았는데
바짓단에 새까맣게 붙어 있는 도깨비바늘을 본다
씨앗의 숨은 걸음은
어쩌다 17층까지 따라왔을까
공중에 떠 있는
이곳엔 더 이상 지반이 없는데

풀숲을 나가고 싶었니 사람이 좋아 이빨 모양의 악착
을 배웠니 베란다 창문을 열고 날려 주면 좋을까

색종이를 다섯 번 접고
마지막 입구는 잠그지 않고 보관해 둔다

아이는 도화지에 우리 집 대신 지붕이 있는 집을 그린
다
거대한 공중에 우리 집은 도대체 어디일지
같은 창문과 같은 평수와 같은 담보 대출 사이를 부유
하는

내 생각은 풀숲에도 가지 못한다
손에 쥔 씨앗이 오늘 얻은 비밀인 양 조심스러워진다

뿌리를 내릴 수 있는 힘은 씨앗 속에 이미 주어진 것
일 텐데
나의 삶은 아무것도 빚지 못하고
나는 그저
부유하는 평수에 달라붙어 있는 것은 아닐까
지반이 없는 곳에서 피는 영혼은 어떤 잎을 틔울까
나는 대답할 수 없는 질문을 옮기며
씨앗을 풀어 주고 싶다

하루를 떼어 내듯 저녁이 오고 아파트 불빛에 제곱의
공간으로 도깨비바늘들이 달라붙는다
그악스럽게

기가 막힌 나이가 있다

수감에 가지고 간 여섯 살이
안쪽의 나이로 굳어졌을 때
편지를 쓰는 2537
잠긴 나이는 정지해 있고 바깥의 나이는
우는 연령으로 기록해 두었다
담 밖의 나이는 자라고
담 안에서 받은 나이는 흐릿해진다

사내가 수감될 때
제 나이를 두고 어린 아들의 나이를 품고 들어갔다
문 하나가 장성한 아들을 만들었고
아들은 바깥의 나이로 자라 있었다
몇 개의 숫자로 받은 안쪽의 나이는 점점 어려져
이름이 되고 기한이 되고

장성한 여섯 살에게 편지를 쓴다
바깥을 허물어야 안을 볼 수 있는 편지
꾹꾹 눌러 시간이 지나가지 않도록

아이의 웃음소리가 빠져나가지 않도록
이불을 뒤집어쓴다
땅도 공기도 사내도 오늘 밤은 식지 않는다
묵직한 속울음
편지 중간중간에 비어 있는 글자를 벽에서 찾는다

아들, 미안합니다
조심스러운 첫마디는 유일한 창
편지엔 통증을 느끼는 나이가 있다
떨리는 글자
화살처럼 곧은 바깥 나이와
활처럼 휜 안의 나이 사이엔
기막힌 편지가 있다

한계령풀

한해살이 여러해살이
풀을 가르는 말은 계절이 아닌데
간절함 속에서 풀이 흔들리며 피면
어느새 산에서는 한 계절이 조립된다

뒤울림에 따라 꽃이 되고 풀이 되는 이름
숲이 되지 못하는
기록되지 않은 풀의 시간은 계약직이다

출근했던 공장의 소리가 들리는 산
푸른 교대를 마친 침엽수들이
깊숙한 곳으로 물러앉을 시간이다

흔들림으로 모든 꽃과 열매는 만근에 다다른다는데
근근이 버티고 있는 언니는 흔들리지 않겠단다
오월에 핀다는 한계령풀이 눈 속에서 피었다
칡덩굴 옆이었으니 그 쫄밋거림이야 말 없어도 알겠다

세세한 틈마다 한 해 한 해를 견디는 풀들로 가득하다
숲의 밀도가 견고한 계절을 만든다
뿌리도 없이 제 씨앗을 탈탈 털어 허기진 산을 채우는
풀씨들은 비정규직

백과사전에는 풀에도 꽃이 핀다고 나와 있지만
끝내 꽃을 피우지 못하는 언니
해가 지면서
한해살이도 여러해살이도 함께 어두워지고 있다

뼈가싯길

그는 물고기의 비늘에서 먼저 바다의 무늬를 떼어 낸다
팔뚝의 용이 살아 움직인다
한때 누군가에게 무늬를 빼앗겨 본 적 있는 팔
뼈가 가시가 되어 선 적이 있었지
골목과 골목을 헤엄치는 칼날이었다가
수족관과 도마 사이 골목을 가두었다
물고기가 파닥인다 물살이 파닥인다
도마 위에서 하루에도 수십 번 바뀌는 물살을
그는 빠르게 갈라 살을 발라낸다
수직이 지난 자리에 금세 아물어 버리는 수평이 따른다
가시만 남은 물고기를 물에 풀어 주는 손으로
회를 나른다. 수족관에서 물고기는 마지막으로
물살을 일으킨다. 가시가 선 길이 잠시 열렸다 닫힌다
떨어진 비늘이 주방으로 식탁으로 둥둥 떠 있다
비린내가 유영하는 횟집 마당
지난날 뒷덜미를 잡듯 움켜쥐는 사내는
비린 기억 하나 쓱 썰어 낸 줄은 모르고
물기 흥건한 바닥을 닦는다

꼬리가 붉어지는, 팔뚝에서 날아오르려던 용이
살갗을 뚫고 나온 상처를 물고 있다
아직 거기엔 날 선 가시가 있다

일찍 닳은 걸음

야심을 담으려 주머니는 반쯤 열려 있었어요
마지막으로 조였을 작업화 끈
먼 길, 채비는 단단했어요
낙하의 앞과는 달리 뒤는 소란스러웠어요
엎드린 자세는 마지막 미동이 경직되어 가고 있었어요
냄새를 맡으며 움켜쥐고 있는 땅
그가 맡고 있는 것
설산이 보이는 언덕의 바람 냄새였을까요
골조를 다 올리지도 못한 건물
아무것도 보지 못했을까요

방, 야망이 담긴 물품에서 기운이 빠지고 있겠지요
설산의 흰 구름 얼음이 풀리는 물
다 날아가고 없겠지요
벽에서 웃고 있는 이 빠진 얼굴
한국어 사전과 나란히 멎은 일기장
상한 시간이 흘러나오고 있겠지요
온기가 사라진 쪽방은 빈 관 같겠지요

34

빨랫줄에 쓰다 만 보풀 난 장갑
주인 잃고 빳빳하게 얼었다 풀렸다 하겠지요
멈춘 작업화가 흙먼지 하나 없이 정갈하게
매듭이 풀어져 있겠지요
일찍 닳은 걸음이에요

조류 독감

아침을 깨우는 아우성이 땅속에서 들린다

바깥을 돌던 기운은 내부로 들어오고
이른 기침이 반나절 사이 마을을 덮쳤다
닭들이 떠나기에 추운 날씨다

아이는 가끔
작은 병치레 속으로 놀러 가기도 했다
돌아오지 못한 아이
경계의 일상을 견뎌야 하는 여자는
더딘 시간에 발목 잡히기도 했다

비어 있던 배추밭의 무게가 무거워지고 있다
마을 어귀로 들어왔던 병아리는
살아서 실려 나가지 못했다
왔던 길을 되짚어가는 것은
살아 있는 것이다
그러나 잡힌 발목은 쉽게 마을을 빠져나가지 못하고

흰 눈이 마을의 이마에 손을 얹는다
눈바람은 발목을 가지고 논다
눈발 속으로 걸어 들어간 여자는
종종 닭 울음소리를 내며 뒷산에 나타날 때가 있다
스산한 소문이 마을 한 바퀴 돈 날은
열에 들뜬 기침 소리가 둥둥 떠다닌다
마을을 움켜쥐고 있는 투명한 손

매일 자식을 낳는 괴물이 된 동물은
기침도 복제되어 인근 농장까지
땅에 묻혀도 잦아들지 않는다

살아 있는 것만 먹어 치우는 마을은
그러나 점점 쇠락해 간다
아랫배가 불러지는 건 배추밭뿐이다

이팝나무 교지

가로등 아래 노인이 폐지를 줍고 있습니다
경적이 울려도 날파리들이 몰려들어도 꿈쩍 않습니다
방해할 수 없는 역사 같습니다
문장과 문서를 수집하는 중입니다
빛나는 문장 몇 개는 이팝나무가 가져갑니다
나무에 흰 꽃송어리들이 신성하게 피어납니다
저쪽 다른 시계에 맞추어 나타나는 노인
수레를 끌고 어디로 사라지는지 아무도 모릅니다

가지의 그늘에 꽃 피는 철이 흔들립니다
비문 가득한 문장의 해독은 나뭇잎 몫이겠지요
해독된 글 위에 다시 쓰이는 문구들
밤마다 이팝나무가 쓴 파지들은 어디로 갔을까요
쓸모없어지는 문자들의 무덤이 있을 거예요
이상하지요 그 파지는 줍지 않습니다
수집된 문장이 차곡차곡 쌓인 커다란 수레
썩어 갈 문자가 표백되어 여백의 봄이 되겠지요
수레가 움직이자

스쳐 지나가는 차량들이 한 문장 같습니다

노인이 떠난 자리
여러 문구가 만든 긴 문장이 나무에 모여 있습니다
올해도 풍년 들어 흰쌀밥 배불리 먹을 것이라는
교지처럼 흔들립니다

검은 계단

건물을 오르고 남겨진 그림자가 만든 계단

누가 저 계단을 밟고 오를 수 있을까요

빛이 말해요
누워 있으라
빛의 말대로
건물들이 잠깐 누워 있는 오후
서성거리는 날이 잦아요
검은 계단 끝을 잡고 반지하 현관까지
끌어당겼는데
사라져요

타인의 거리를 인정하면 밟을 수 있을까요

이웃을 보는 일 참 어려워요

계단을 가지고 있는

변두리의 날개는 대부분 지하에서 생긴다지요
어깻죽지에선 계단이 생기지 않고
날아오르고 싶은 마음이 생기면
검은 계단을 찢어 버리고 싶을 때가 있어요

켜켜이 쌓인 날개에
묵은 야성의 그림자라도 얹어 줄까요

가끔 방향을 상실하는 계단
햇빛이 가득하면 무너지는 계단
문을 꽝 닫는 계단

서늘한 지점

한쪽 손이
다른 손의 손톱을 깎을 수 있다는 것은 서글프다

자라면 자란 만큼 깎아야 하는 밝은 생의 손톱들

계약서 일조 일항의 내용은
웃자람을 경계하라, 지만 짧은
밤에도 초승달이 자란다

작은 풀들, 까치발로 고개 내밀어 자란
파르라니 어린 불안을 깎으면
새까만 손톱 밑의 서늘함
한 몸도 버려진 기억이 되면
톡 톡 톡
짧게 더 짧게 깎이고 있다
떠나야 할 날의 날짜를 기록하느라
열 손가락 열 개의 손톱 다 깎고 없는데
벗어날 수 없는 시간을 띠로 머리에 둘러야만

여기에 설 수 있다니

지루한 오르막과 헐렁한 내리막
스밀 수 없는 임계점
저 서늘한 지점
뫼비우스의 띠로 꼬인 채 이어져 있다

뼈도 껍질도 피부도 아닌
가까운 각질의 이름 하나 당신에게서 빠졌다

손톱은 절정도 짧고 낙하도 짧다

손톱깎이는 여전히 잘 들고
시간은 빨리 자란다

2부

무늬의 극

낙하하는 것은
극의 무늬를 남긴다
빈 몸에 퍼져 가는 흔적의 물결. 오래
죽음을 기록하는 선명한 무늬가
나이라니
작은 손이 매만진 흔적은
한 번도 울지 않았지
지금은 제자리를 찾는 중이다
욕망은 선명한 무늬야
지구를 닮은 집에서
귀 닫을 거야
울음도 없이 새기는 도형의 기하학.

목어

부레가 눈을 뜬다
저 자리로 돌아오기 위해 얼마나 먼 길 헤엄쳤을까
허공 바람 낙엽이 먹고 있는 魚
강물의 기억이 꼬리에 남아
공중의 風살을 가른다

물살 무늬가 바람을 이끌고 물관 체관 오르내렸을, 나
이테를 돌거나 가지를 돌아다니며 물속에서 한 시절 통
통하게 살 오른 수행자

목어가 된다는 것이
한생의 수위가 점점 말라 가는 것이라면
푸석푸석해지는 날들도
유영의 한때겠다

바람의 물살 속에서 마지막 지느러미 끝이 닳아 가듯
내장을 돌던 길이의 내통도 사라졌다
흔들리던 나무의 기억만이 빈속을 채우고 있는

무형의 몸
젊은 승려의 어깨 위로
소리의 비늘이 떨어진다

흰고래가 살고 있었다

불을 내장으로 가진 고래는 불의 심연에서 태어났다 구들장 사이 유영한 고래의 흔적은 아랫목 온기로 종류를 표시하기도 했다 살아가는 방식이 불인 고래는 굴뚝으로 초음파를 보내거나 바람 속으로 흩어졌다 마을, 저녁때면 떼 지어 다니는 모습이 매일 목격되곤 했다 어느 봄날엔 앞산에서 하얀 벚꽃으로 휘날리기도 했다

아궁이에 불이 식으면 북극 바다로 떠나갔는지 한동안 자취를 감추기도 했다 서릿발이 앉을 무렵 더 자주 목격되던 굴뚝으로 나오는 흰고래를 보았다

보일러가 아궁이를 삼키면서 물을 내장으로 가진 파충류가 살고 있다 불의 내장으로 헤엄치는 흰고래를 더는 볼 수가 없다 초음파를 날리던 굴뚝도 차츰차츰 자취를 감추었다

성에 낀 유리창에 고래를 그리는 어린 손
아랫목에서 언 손을 녹여 주던 고래의 파장을 떠올려

보지만 먼 북극 바다로 떠난 고래는 돌아오지 않았다 어쩌다 어미 잃은 새끼 고래 한 마리가 산기슭 돌담이 무너진 작은 집에서 목격되곤 할 뿐이다 가끔 커다란 굴뚝에서 포착된 사진은 고래 같았지만 고래를 흉내 낸 일렁임이었다

별의 거울

작은 웅덩이에도 하늘은 담긴다

빗방울이 먼저 떨어지고 뒤이어 파문이 인다
꽃이 피는 저수지
어느 때에는 바람의 일가가
주변 버드나무로 살다 가는 것을 본 적이 있다

  별의 거울에 오늘은 비가 내린다 은하에 모여드는 별
자리가 수면에 떠 있다 오래전 청룡이 날아간 뒤로 곡식
의 마디나 키우고 있는 저수(氐宿)* 작은 파문이 모여 큰
파문이 되기도 했다

물 고인 곳마다 은하계다
그곳에 사람 하나 없겠는가
아침부터 저수(貯水)를 빼고 있는 양수기 몇 대

  마을의 어린 행방이 궁금할 때면 두꺼운 물의 뚜껑을
열곤 했다 낚시꾼이 앉았던 의자며 기물이 모습을 드러

냈지만 함께한 하늘과 별과 빗방울은 어디로 갔을까

하늘이 통째로 사라진 물속
사람 하나 사라지는 건 일도 아니다

물을 먹은 것들은 모두 별자리 모양
어제와는 다른 각도로 물푸레나무가 서 있다

* 동아시아의 별자리인 28수(宿)의 하나. 동방 청룡 7수 가운데 세 번째에
해당된다. 하늘나라 임금이 지방(28수)을 순시할 때 머무르는 궁전이자
휴게실에 해당하는 곳.

연두의 항체

일상을 배후로 갖고 있는 마지막 말
흰 천이 덮인 몸엔 뛰어내릴 높이도
흔들거릴 나뭇가지도 이젠 없다

어떤 생각이든 항체를 가지고 있다
성장통을 키우거나 따돌림 곁을 다정히 지켜 준다거나
숨을 수 있는 틈을 갖고 있는 생각의 항체엔
고개를 젓기도 하는 부작용이 있다

내 생각에 항체가 생긴 이후
모든 사람이 연두의 항체로 보인다
죽은 다음에 생기는 부패 세포에 가까운
기막힌 울음을 좋아하고
일상을 벗어나려는 세포
무호흡으로 진화하는
지그시 늘어나는 연령을 싫어한다

죽음의 방법을 알고 있는 항체는

음독 올가미 낭떠러지 익사와 같은 낱말을 만들어 낸다
창밖 오래된 고목나무에 올해도 어김없이
판결을 뒤집을 항소심인 양
새순이 톡, 튀어나온다

검은 시간이 흰빛으로 가벼워진다
핏기가 가신 풍경에 연둣빛의 따스함이
성장을 서두르는 친구로 아직 곁에 있다
다급한 불구의 바람
조용히 고쳐 주고 있는 나뭇가지가
친절한 상담사다

죽음의 항체를 깨우는 연두의 손

소리가 끌고 간 저녁

소리가 계절을 끌고 있다

범종각에 등이 켜지고
저녁 예불을 준비하는 스님들
장삼과 가사 거쳐 들려오는 조용하고 경건한 잡담
소박한 경구들이 내려앉는다

어느 절에서 비 오는 날 법고가 찢어졌다는
암소와 수소가 마주 보아야
소리도 무릎 꺾지 않는다는
시월의 노을이 한자리에서 여러 색으로 깊어져 돌다가
어스름 쪽으로 풀어진다

 다섯 스님이 心을 그리고 북채에 힘 가하면 소리는 풀
어져 방향을 끌고 간다 고요한 공간에 소리 한 자락은
생의 물매를 맞은 심장을 위해 남겨 둔다

 사물(四物)이 두 개 방과 두 개 실을 가진 심장이다

어느 소리를 심장 삼아 여기까지 왔나 각 방에 하나씩 심어 놓고 시월에는 법고 소리 듣겠다 초겨울에 둔탁한 목어 소리 듣다가 운판의 날카로운 소리로 봄을 깨우겠다 범종 울림으로 여름날 저녁을 가라앉히는 심장을 갖겠다

소리가 끌고 간 저녁을 더듬거리며 어둠을 내려왔다.

견인차 기다리는 동안

산길은
이미 오래전에 시동이 꺼져 있다
갑자기 차는 산언덕 하나 넘지 못하고
평평한 그늘을 차지했다
비포장의 떨림이 끊어 놓은
먼 곳의 부위
길 한쪽에 나뭇잎으로 붙어서
어떤 속도는 지금 편안하다

바람이 점점 어두워져 간다
어스름이 쓰다듬는 나무와 새집은
여기서 오랫동안 평안했으리라
지붕이 없는 숲에
검은 물소리만 둥지를 품고
그사이 오후가 밤으로 견인되고 있다
휴대 전화 액정만 밝다

끊어진 길

지연된 시간은 깊은 저녁에 들어서야
어둠의 품에 치유되는 것일까
바스락거리는 불안마저도 방전된다

멀리 견인차 오는 소리
구불구불하다

보석함

보석함이 발견되었을 때 안엔 물도 이끼도 없었습니다
한 장의 사진 같았습니다

우물가에 오랫동안 혼자 앉아 있는 여자
―왜 제가 우물에 들어가야 하나요
―네가 물과 바람의 아들이기 때문이란다
중심에서 변방으로 몰려가는 저무는 말
속에서 우글거리는 태어나지 못한 말

어떤 불길한 징조가 아이의 울음을 급히 보석함에 넣
었을까요 마을을 먹여 살린 우물*까지 통째로 바쳤을까
요 그릇, 토기, 개 뼈, 와, 같이. 누워 있는 무서움은 늦
도록 수면 위에서 흔들렸고 별들은 더디게 돋아났겠지요
바람의 아가미가 삼켜 버린 첨벙거리는 제문도 있었을 거
예요 불안과 제물이 서로 끌어안고 천천히 말라갔겠지요

길이 끊겨서 갈 수 없는 저편의 노을이 사라지고
천년의 세월은 인광으로 보석함을 지켰겠지요

빛을 잃었다가
뚜껑이 열리면서 날아오른 목말랐던 보석들

순환하는 풍경이 계절에 실려 갑니다
바짝 마른 별, 아이의 울음소리
제물과 재앙, 온전한 것은 없습니다
하늘과 버드나무가 우물 안에 걸립니다

* 국립박물관 '타임캡슐' 특별전: 통일신라시대 우물에 다량의 유물과 동물
뼈, 7~10세로 추정되는 어린아이 뼈가 있었다.

옻나무

외로운 나무과(科)의 옻나무
멀찍이 타종과 떨어져 있는 목록에
두드러기가 창궐하고 있다

한 장 한 장 뜯어내는 병의 낱장
한자리에서 끊임없이 보내는
병력의 주파수는 되돌아온 적 없다
어쩌다 사람에게 옮겨 가는 발진을 품고 있을까
새도 앉지 않고
거미마저 피해 가는
반경이 될 수 없다는 것은 홀로 된다는 것이다

발강 피부로 멀리까지 따라간 여행
밤새 뒤척이며 긁는 가려움이었다
반점, 낯선 곳에 어지러운 며칠이 수그러드는
엽병(葉柄)이 떨어지는 시간
더 이상 쏟아 낼 것도 쏟아질 것도 없다

떠넘기지 못한 감정이 핏빛이다
종에 대한 거리가 없어
팽팽한 외로운 습관을 반경으로 삼는다
발버둥 친 흔적이 물들어 있다
지독하게 쓰고 남은
반경이 툭, 툭, 떨어진다

도감의 몇 페이지에 붉은 반점이
삐딱하게 돋아나 있다

오전의 무게를 올려놓습니다

일반 우편 오전은 느리기만 합니다
특산품 견본이 유일한 장식이지요
사서함 칸칸마다 늦은 며칠이 들어 있어요
마분지 서류 봉투로 마을의 덧문은 열릴까요
송곳 개성도 대패로 밀었을
취급소 직원, 햇살이 은니에 묻어 있습니다
문자의 무게를 재는 직
오늘도 몇 번 저울 근처에 손이 갔지만
한 번도 말을 올려놓은 적 없습니다
몇 편의 시를 올려놓고 수십 번
그건 다만 문자의 무게일 뿐일까요
늘 날아간 답신

맑은 날에는 흘러가는 작은 구름 떼어다 붙이고
흐린 날에는 먹구름 몇 장 붙여 놓는

고정된 주소가 있다는 위안으로
오전의 무게가 몰리는 곳

뒤늦은 선풍기가 왕복할 때마다 우편 번호 책
충청남도 어디쯤엔 강풍이 심하게 불고 있습니다
철마다 피는 꽃들
오늘의 우표는 노란 국화꽃입니다

우편 차가 출발하고
앞마당 그늘이 따라갑니다
몇 그램의 시가 날아간 오전입니다

그린하우스의 봄

문을 열면 빌려 온 봄이 가득하다

겨울 동안 한 번도 꺼진 적 없는 봄 연탄구멍마다 열기 가득한 아지랑이가 뜨겁다 비닐 한 겹으로 계절의 간극이 생기고 꽃의 맥박 소리가 다 탈 때마다 농부는 연탄을 간다

얼음 위의 남자, 아파트 공사장 드럼통 불길 주위로 사람들이 모여든다 속 깊은 곳을 데우고 한데로 나가는 연기같이 입김이 나온다

하우스가 된 몸
꽃 몽우리들이 맥박을 이어 나간다
심장은 난방을 꺼뜨리지 않는다

봄꽃이 팔려 나간다 연탄구멍마다 발간빛 아지랑이도 꺾어 출하하는 날이 오면 문을 활짝 열고 여름 꽃의 모종이 심겨진다

연기가 더 이상 나오지 않는
열어 놓은 문을 통해 들고 나가는 봄날은
뒤늦게 어리둥절하다
얇은 비닐 막을 차 보고 떠나가는 봄바람

맛의 질량

감정이 안의 맛인 줄 알았다
맛도 안이 있고 바깥이 있었다

붉은 혀를 버리는 나무
저것은 단식이 아니라 절식이다
한 며칠 단식의 끝, 침이 고이지 않는다
혀를 데리고 멀리 간 이름에 통속의 맛이 들어 있다

재채기 끝의 밀리그램맛
가려움 뒤 붉은 흔적의 그램맛
스침 후에 붙어 있는 킬로그램맛
격렬한 통증의 톤맛

뒤끝이 모여 있던 며칠간의 복통
맛을 모르는 곳에서 탈 난

창문은 항생제다
풍경을 오래 바라보았다

날카로운 부위들이 혈관 속으로 숨어 버리고
팔엔 맛없는 맛만 남아 있다
혀를 데리고 한 며칠 떠나 있는 곳마다
내 것이 아닌 내 것들이 아프다

바구니 안의 과일이 단식에 든다
열매는 제맛을 버리며 생명체 하나 키웠다
혈관들이 아팠을 것이다

입을 닫는 나무 혈관
맛을 보는 팔의 혀가 숨어 버렸다

구름의 거푸집

꿈의 행방이 묻은 그림자를 불러 세워 놓고
당신은 무엇의 거푸집이냐고 물었습니다

한 번도 목격된 적 없는
구름이라는 대답을 들었습니다

놀이공원 가는 길옆으로 동물 모형이 쌓여 있습니다
유행이 지난 토끼 원숭이 기린
비어 있을 내부와 화려했던 색상
칠 벗겨진 풍경이 이름의 무게를 견딥니다

시멘트 포장 옆
그림자를 숨겨 놓은 개천과
나무의 비스듬한 그늘이 겨울 동안 꽁꽁 얼었습니다
아이들의 소란이 미끄러운
거푸집 안에는 물소리가 깁니다

동물들이 트럭에 실립니다

먼 지방 공원 한구석
유행이 지난 표정으로 한동안 서서
낮장으로 지나가는 구름을 흔들어
웃음을 불러올 것입니다

사라진 연도를 기억해 낼 때마다
다채로운 빛깔이 바랜 거푸집이 있습니다
동물들이 실려 간 공터에
하얀 구름이 녹아내립니다

오가피 제약 회사

만병을 다스리는 제약 회사가 뒤뜰에 설립되었다

설립자 할아버지는 약 한 번 써 보지 못하고
병의 끝이 되었고
왁자한 울음이 오가피나무 한 그루 키웠다

정제 환제 액제 준비하고
면역 증강 항피로 혈압약을 생산하느라
분주한 줄기와 잎

정제를 만들기 위한 혼합 과정에 꽃이 피었다
쓴맛 가시 피톤치드는 나무의 방부제
찾아오는 새와 벌레는 영업 이익이다

나무 근처를 배회하는 노래
오늘은 무슨 효능을 생산할지
궁릉에 제조 지시서를 작성한다
한동안 문밖 출입 못 한 할아버지의 검버섯

알약이 까맣게 달리는 오가피나무
오가피 제약 회사 마케팅이 바쁘다

영세한 제약 회사 한 그루
자가 합성의 시간을 보내는
올해의 순이익은 조금 굵어진 가지다

청자 상감 운학문 매병(靑瓷象嵌雲鶴文梅甁)*

학의 울음소리가 가득 들어 있는 매병, 울음소리는
유약을 깨트리지 못하고 있다
흰 구름은 오랜 세월 제자리에서만 지나가고
날개가 떠 있는 병의 곡선엔
국보(國寶)의 허공이 있을 뿐이다

예순아홉 마리의 학이 날아든 곳
한 번도 날아가지 않은 깊은 생각은 다 타서 없어지고
푸른 하늘만 그대로다

오랜 비행 접히지 않는 곡선
미세한 떨림의 빙렬 무늬가 숨어 있다

병에 새겨진 무늬의 천직은
학의 날개에 고귀함을 발라 주는 일
귀함이 묻은 날개가 역사를 흔든다
나뭇가지 하나 없는 창천
병의 가장 깊은 외부에 가득 들어 있는 바람

깨어지는 것은 모두 허공을 거친다
바닥에 내려앉은 학의 울음소리가 빛난다

병이 깨어지고
학이 다 날아갔다

* 국보 제68호.

3부

부레 없는 상어가 끊임없이 헤엄쳐
바닷속 최강자가 되듯이

부레를 버리다

고비
·
·
·

또 한 고비

고비를 넘다

고무줄

저물녘 햇살의 탄력은 아버지의 탄력
자전거 바퀴가 신고 달리네
길어지는
길어지다 돌아오는
둥근 탄력이 툭 끊어질 때
자전거를 세우고
폐타이어를 잘라 바퀴를 고치던 아버지의 그림자
그림자에 붙어 쌓인 땀
탄력을 지탱하는 공기가 신고 달렸을
아버지의 울퉁불퉁한 길
아버지는 오기를 넣고 달렸다고 하셨던가

갈수록 늘지 않는
늘어진 허리에
끊어진 속옷에
새 고무줄을 끼워 바짝 당겨 주던 아버지
삐걱이는 안장으로 길을 달리던 고무의 힘

가느다란 고무줄에 매달린 바람으로
그 탄성으로
자식들을 병실로 불러 모았네
짧아지고 있는 아버지
자꾸 어디론가 가려는 아버지
그림자를 지우려다
바닥이 된

아버지가 당상관*으로 호령하던
'열두단 두목 광솔단은 듣거라
열두단 모두 잡아 한시바삐 당나라로 속거천리하라'**

길어지고 짧아지는 바닥

* 충청남도 무형 문화재 제29호 예능 보유자 직책.
** '단잡기'에서 당상관의 한 대목을 줄인 말. 단잡기는 환자의 단(피부병의
일종)을 잡아 멀리 보내 병을 낫게 하는 민속놀이.

이름을 바꾼다는 것

임대 전단지 반쯤 찢겨진 자리
그동안 간판도 서너 번 바뀌더니
내려진 셔터 문에 빈 호칭이 붙어 있다
몇 번의 상호와 내용이 머물다 간 좁은 상가
적응 못 한 화환은 놓였다 시들지만
어색한 메뉴는 앉을 자리가 없다

개명을 생각한다
내 이름에는 꽃도 없이 봄만 가득했다
수위 조절이 안 되는 물[水]이 넘쳐 흙[土]이 턱밑까지
차올랐다
더위 없는 이름이었다
저곳에서 분식을 파는 부부도 그랬을 것이다

분식집의 튀김 냄새는 향 냄새로 바뀌어 있고
지병이 있었다고 했던가
폐는 병의 이름이 마음에 들지 않았을 것이다
물과 흙같이 어느 지점에서

하나는 이름을 바꾸어야 했을 것이다
홀쭉한 젊은 여자는 눈물도 흘리지 않았다 했던가

한 이름에 몸을 의지해 오랫동안 있었다
전단지가 붙어 있던 자리는
상중을 알리는 부고가 여태 붙어 있고

메뉴는 다 상했다

새 이름이 적힌 주민 등록 등본을 뗀다 수명을 다한
물은 빠져나가고 없다 그사이 계절은 녹음으로 울창하
다

몸에서 지친 것은 어디에서 흔들리고 있을까

왜소한 등허리에 하루 종일이 들어앉아 있다
중얼중얼 안에서 흔들리는 것을 키우는 숙주의 입
가벼워서 흔들리는 거라면
엄마는 아직 뿌리가 있는 것이겠다
두고 온 곳이라는

오전엔 한 무리 아이들이 놀다 갔고
지금은 낯모르는 할머니가 앉아 계신다
불러올 영혼이 많아 바쁜 무녀다
오래전 흘려 버린 말로 대신하고 있는 부재의 시간
인사도 나누지 못한 영혼과
휘어진 길에서 자꾸 앉아 쉬는 기억
거친 말들을 집어던지다 잠든 엄마
얼굴도 모르는 이들, 다녀간 집 안이 조용하다

그릇이 깨지는 것은 그릇이 지쳤기 때문이고
비는 구름이 지쳐서 내리는 것이라는데
불안한 균열의 지친 생은

어느 곳으로 돌아가고 싶은 것일까

조금 전으로조차도 돌아가지 못하는
시간
잠이 든 엄마의 늦은 월(月)에 걸려서
일어나라 일어나라 흔들리고 있다

백제 전설의 밭

꽃의 거름으로 기름져 있는 텃밭
하르르 떨어지는 것은 백제의 전설이지요

아버지만큼 나이 든 벚나무가 바람을 불러다
제 몸 덜어 비료를 뿌리지요
골방을 뒹굴던 늙은 씨앗들이 강가에서
굿거리장단 묻은 아버지의 소일로 돋아나지요

꽃잎이 마음 던져 우려낸 물
백마강 물줄기를 틀 줄 아셨던 아버지
가뭄이 황산벌 전투마냥 모래 위에서 치열했어도
굿뜨래* 수박이 강줄기 따라 뻗어 가고
양송이 오이 멜론 호박 토마토
계절을 앞지르는 채소가
백제 땅을 넘어 삼국을 통일하고 왜까지 갔다지요

황산벌 전쟁터를 잃어버린
점점 작고 묵은 씨앗이 되어 가는 아버지

그 옛날 계백 장군처럼 넓은 농토를 보면
한바탕 씨앗들과 전쟁을 벌일 수 있을 텐데
물줄기를 찾지 않는 수박 대신
덮여 있는 꽃잎을 섞어서 거름을 만들고
한 끼 식사를 풍성하게 해 줄 상추와 고추를
심지요

늙은 벚나무 밭에서 씨앗들이 발아하네요
화르르 들불 번져 가듯
전설의 전설을 부르며 뒤꿈치가 들린 봄날

의자왕의 마지막 술잔이 들렸던 곳도
벚꽃이 휘날렸다지요

* 충남 부여군에서 생산되는 농산물의 상표명.

다행이다

놀다 들어온 아이 몸에서 비린내가 난다

계절의 수심은 치어가 놀기에 좋을 만큼 얕아졌다 잔
물결이 이끄는 수심 아이들의 좋은 놀이터 지느러미 같
은 겉옷 자락 펄럭이며 한동안 안부가 궁금했던 느티나
무 갈대밭 넘어 징검다리까지 헤엄쳐 간다 눈이 온몸을
끌고 다니는

두꺼운 옷의 계절은 다 녹았다
비늘은 흔들릴 만큼 무성해지고
꼬리가 점점 무거워질 것들아
네 어깨의 겨울을 떼 내어 주고 싶구나
봄의 풍광을 끌고 몰려다니는
비린내 나는 웃음을 까르르 엎지르고 온 것들

수초 사이에서 꼬리잡기가 한창인 치어들
봄 햇살은 숨어 있는 무늬도 틔우고
파릇한 냄새는 덤이다

봄 비늘 같은 웃음
눅눅한 물때 한 벌 벗어 놓았다
물주머니 달고 와서 다행이다

나비, 블라우스

나비 무늬 블라우스를 장롱에서 찾아냈다
여러 마리 나비는 날아가지 않고 있었다
나프탈렌 냄새 속을 날아다닌 듯
아직 지지 않은 꽃잎이 얼룩져 있다
주름진 꽃 위에 미동도 없이 앉아 있는 나비
들고 나가 탁탁 털어 낸다
날개의 분가루만 봄날에 보얗다

블라우스를 입고 외출한다
떠가는 발걸음이 노란빛이다
팽팽하던 공중이 가슴께에 다다라 있다
어느 곳으로 날아가든 어느 꽃에 앉든
나비를 흔드는 것은 바람뿐이다
곳곳마다 향기가 은은하다

나비의 내력은 먼지에 닿아 있다
장롱이 서 있는 동안 먼지만 풀풀거렸을
삐걱거리거나 웅웅 하는 틈으로 드나들었을 나비

블라우스의 눅눅한 우기를 붙잡고
열려진 한쪽 문이 시계를 자주 본다

돌아와 나비를 세어 본다
날아가라고 베란다 창문을 열고 걸어 둔다

바람이 들어찬다
바람의 가슴 바람의 둔부 바람의 겨드랑이
나비는 아무것도 세지 못하고
장롱 틈으로 날아간다
지금 이곳만 한 꽃밭이 어디 있겠느냐는 듯

관상 농업

익숙한 자리에 소박한 기쁨이 있다 물 대고 모심은 논에 어제는 하늘과 땀이 담겼는데 오늘 눈과 '락(樂)'이 더해진다 밥상에 올라왔던 유채가 넓게 꽃밭을 이루고 귀리 호밀 보리 곡식이 제 본분보다 기록하는 농업으로 눈을 즐겁게 한다

눈의 즐거움에 위가 달려 있다 밥통이 달려 있다 밥상머리 교육, 혹은 배고픈 교육은 더 이상 없다 먹고사는 문제에는 위가 없다

곡식 먹고 힘을 키우고 그 힘을 밭에 쏟고 그 밭은 다시 몇 가마니의 무거운 힘을 돌려주던

배가 고플 때도 마당에 꽃 심던 관상 농업이 있었다 탈곡하고 벼 말리고 수매를 기다리는 가마니가 늘어서 있는 옆이었다 참 배고팠던 마당이 잠깐의 포식을 하던 때도 주림이 만들어 내던 황달 버짐 배탈이 왕성할 때도 장다리꽃은 활짝 폈었다

강변 공원에서 자라는 곡식은 추수하지 않는다 사진
기 셔터를 누르고 아이는 공책에 열심히 무언가 적는다

눈을 채우는 데 제 역할을 다한 일 년 농사가 끝나 가
는 여기는

물의 뼈가 녹아내리다

1

배를 뒤집고 누워 있는 물고기를 건드리자
꼬리부터 살아나 다시 헤엄친다

2

—어항이다
딸은 아직 병실이란 말을 배우지 못했다
물고기와 수초 기포는 어디 있는 걸까
이상하다는 아이의 눈빛
한 걸음에 한 번 오른손 엄지를 빨고
둘러보는 아이는 우두커니, 머리를 꼰다

등에 뿌리가 자라는 나의 길이 바뀌자 풍경도 누웠다
지느러미가 되어 버린 침대는 유유히 유영하는 법을
알려 주지 않는다

헐거워진 부레

기계의 맥박으로 움트지 않는, 붉은
혀는 누워 있다

물고기가 헤엄칠 어항 너머
불어 가는 비바람을 생각하며
시간은 시들어 가는 잎으로 견딘다
버려진 말로 만들어진 바닥은 걷지 말고 헤엄치란다
투명의 깊이를 재는 숫자는 더 큰 숫자로 고쳐지고
형광등을 쪼이며 식물로 누워 있다

면회의 아득한 관계
딸이 오면 반응하는 나는
자식과 다른 종이다
아이가 옆구리에 살짝 얼굴을 묻는다

3

말이 없는 썰물의 저편에서 자랄 새로운 언어가 나를
깨운다

엄마의 바탕

언제부터 엄마라는 말에
밝은 바탕이 생겼다
보이지 않는 엄마라는 별
창문을 열어 별을 키우고 싶은 환한 바탕에서
새봄을 앞둔 꽃씨 엄마, 궁금하시다
씨앗을 부어 북극성을 틔우고도 싶은 봄
반짝반짝 돋아나는 싹

기억에도 흘러내리는 길이 있다
캄캄한 곳에서만 또르르 흐르며 울었던 엄마
링거 병에서 똑똑
몸으로 떨어진 별
점점 비어 가는 바탕과
그럴수록 가득 차 무거울 엄마의 저쪽

그 길은 따끔한 길이었을 것이다
낯선 빛이 가슴에 들어와 있다
별의 일생

바라보는 눈빛들은 실핏줄이다
엄마의 바탕은 더 밝아져 간다

윤달

옥수수 껍질 벗기다 가끔 섞여 있는 윤달을 본다
기억에서 자주 잊어지는 일들은 윤달에 가 있을까

태양을 둘둘 말아 이불장에 넣어 주는 종잣집으로
시집간 언니의 발길이 다니러 와 있던 달
정화수에 온전한 달이 뜨는 날이 늘어나도
언니의 아랫배에 가득하던 빈 달

둥근달이 새 나간 그릇
어디 거대한 환기통이 있어 자꾸만 빠져나가는 달
감춰진 일이 굴러다니고 있을 것이고
좋아서 동티 나는 일이 몸을 사리는 곳
배고픈 윤달이 거기 웅크리고 있다

푸른 기억이 길 속으로 걸어 들어간다
웃자란 새로운 풍경이 옛 풍경을 덮는다
물소리 가득한 이파리가 간지러운 듯
팔랑팔랑 공기를 휘젓고

꽃망울은 일찍 꽃잎을 벌린다
하모니카 음계가 다정한
미루나무 끝에 촉촉한 눈동자가 걸려 있다

얼굴에 까만 옥수수 알갱이가 촘촘 박힌
언니가 보인다
헛배 부른 윤달이 다가오고 있다
몇 건의 경조사가 잠시 쉴 것이다

사철나무 울타리

사철을 두르고 사철을 가리고 있는 푸른 벽
안과 밖의 모양이 똑같은 벽
아무리 울타리 높아도 가리지 못하는 것과
울타리가 가두어 두는 것
내성적인 집이 말이 없다
어느 계절에도 반응하지 못하는 고집은
밖에서 더 잘 보인다
안과 밖을 날아다니며 나무 위에서 쉬는 참새
그러나 넘지 못하는 것도 있어
습관의 사슬로 망설이다 발을 돌리는

안을 보호하고
안을 알리는 것이 울타리다

아버지는 사철나무를 심으며 사계절 푸르기를 바랐겠
지 집안이 푸르기를 밖에서 보는 이의 마음이 푸르기를
사철나무가 매일매일 색이 조금씩 변한다는 것을 모르셨
던 아버지 아들이 사철 푸를 것이라는 생각은 믿음이 되

었고 아버지의 울타리 밖에서 서성이다 끝내 발길을 돌
리는 걸음의 문양은 사철나무 잎으로 둥그렇게 남았지

　거리에 사철나무 울타리가 보인다
　아버지의 나무가 질주하는 자동차를 따라간다
　먼발치에서 이파리만 흔들리고
　기억은 내려앉은 먼지로 부옇다

4부

광장의 빛

빛의 함성이 모인 광장
빛 한 덩이가 꺼지면서
어둠이 터져 나왔다
단 한 번의 침묵을 위해
빛을 키워 온 컵과 액정이 호흡을 멈춘다
어둠도 모이면 날카로운 소리를 가진다

경찰차벽 울타리에 꽃들이 매달려 있다
상식과 예의가 만든 모순의 벽
끌어모은 사각의 불안이
울타리의 고요를 관장한다
울타리를 지키는 따끔거리는 말
몰입된 거리의 빛
바람의 연주가 키우는 빛의 소리
가득하다

황홀한
저항시

목련우사

펜스가 철거되면서 수십 마리의 발굽이 우사 안으로
들어온다 고요와 소문을 키우던 텅 빈 우사가 술렁거리
고 안을 들여다보던 목련꽃이 채도를 높인다

지난겨울은 허기를 묻은 시간이었다
우주(牛主)의 속도 땅속도 부글부글 끓던 추위와
요란한 울음소리가 한차례 다녀간 뒤
수십 마리의 고요가 우사에 매어 있다

목련이 송아지를 데려온다 갓 태어난 얼룩무늬에서 김
이 나고 목련에 흰 봄빛이 번져 간다 어린 송아지 등짝
마냥 매끈하게 피어난다

울음 없이 피고 울음 없이 지는 푸른 잎
떠도는 소들에게 자리 하나 마련해 주고 싶은지 오늘밤
황소자리는 유난히 밝다

찌르르 찌르르 젖이 돈다

목련에도 봄이 오고
소리들이 일제히 터져 나온다

목련우사가 그린 그림
여물의 시간이다

텅 빈 행성

감나무 빈 새 둥지, 허공을 공전한다
궤도를 그려 보지만
올가을에도 날아가지 못한 위성
잔가지들이 나무의 자력에 붙어 있다

흔들리는 가지 위에 새들이 주파수를 흘린다
무거운 음파가 떨어지는 늦가을
빛을 향해 날아간 눈먼 소리가 있다
혜성의 꼬리를 보는 일
우주의 저 눈빛들
행성이 키운 것은 몇 마리 날개뿐이다

궤도에서 밀려나 주파수만 만지작거리는 남자
주위를 도는 일이 일상이지만
발등까지 도착하지 못하는 빛
키워 온 날개는 주인이 따로 있고
빈말만 주위에 꽉 찬다

가을, 붉은 별들이 밝게 빛난다
도착점을 못 찾은 주파수가 옆집에 닿고
앙칼진 잡음과 지지직거리는 아이들의 울음
행성을 단단히 잡고 있다

행성의 마당
남자가 천천히 나와 붉은 위성들을 따 담고 있다
캄캄한 유실수다

화산(華山)*

초록이 뼈를 채워 넣은 등고선
태양을 향해 솟아 있다
지구에 모든 걸 던진 태양엔 심장이 없다

화강암에 숨을 불어넣어
피워 올린 꽃송이가 허공을 비튼다
설렘과 떨림
빛의 색칠에 신선이 놀다 가고
손바람 타고 흐르는 향기가 코끝에 닿아
봉우리 돌아 나오는 바람이 명치에 다다라 있다

누군가에게 넓어진 세계는 산이 빼앗긴 어떤 지점일까

뚫린 절벽으로 드나드는 바람은
어제의 자연스러움을 잊었다
쫓겨난 구름이 제멋대로 흐른다
어떤 그림자도 숨을 그늘이 없다

하기정에서
화산이 신선과 바둑을 두고 있다
완생으로 되돌리는 방법을 걸고

• 중국 오악(五岳) 중 하나로 서악(西岳)이다.

지렁이체

철거장 받아든 두 손
명징한 서체
관(官)의 냄새가 아직도 글자를 떠나지 않은 내용
구불구불해서 읽을 수 없다

집을 키우던 기슭과 길의 눈금마다 빈터가 생겨난다
길이 허물어진 골목은 몇 개의 발걸음도 받아 내기가 힘
겹다 크게 쓰인 붉은 글자는 벽에 붙어 펄럭이듯 눈에
띄지만 눈 밖에 나앉은 처지야 서로 같다 안과 밖이 사
라진 벽 덜 지워진 글자 위에 새로 써진 글씨 흔적만 겨
우 알아볼 수 있는 악필로 자리를 지킨다 몇 개의 받침
이 빠진 듯 버스는 먼 길을 돌아 아직 도착하지 않고 기
울어진 정류장 표지판은 어지럽게 잡풀의 키만 키운다

일필휘지 장맛비
세 걸음 떨어진 빗줄기가 풀어진다
으름장 한 번 놓고 바닥으로 자음 모음이 제각각
방향 없이 흩어진다

군데군데 물웅덩이에 받침들이 엉긴다

물이 잔뜩 들어 있는 봉숭아 그늘 아래
지렁이가 제멋대로 기어간다
부옇게 김 서린 철거장을 닦는 손
읽을 수 있는 글자는
지렁이가 써 놓은 악필뿐이다

낚이다

저수지 한 귀퉁이
그늘 돗자리에 자리 잡는다
산 그림자가 그를 지나치며 지우는 동안
낚싯줄이 과녁을 뚫고 들어간다
물 위로 넓게 퍼지는 파문
가볍게 움직이는 찌 따라
검은 비닐 올라오고
어느 왼발이 애타게 기다렸을 해진 운동화 올라오고
가끔은 찌 무게에 맞춰 커다란 물고기 딸려 오다가
손 닿기 바로 전 무늬를 남기고 도망간다
미끼를 물지 않는 것은 검은 산 그림자뿐이고
그늘도 한 번쯤 들썩임으로 출렁한다

저수지 물 위 돗자리에 식구들이 다녀간다
은빛 조명에 눈부신 젖은 눈
한숨이 데려온 나뭇잎 한 장
가볍고 가벼워서 주위를 맴돈다
어디에 머무른다는 것은

그곳에 무게를 내려놓고 있다는 것
사소함이 가진 무게
연체의 날짜가 묵직한 입질로 잦다

줄을 던지면 어김없이
파문을 만드는 낚싯바늘
파문이든 고요든 그가 만든 과녁일 뿐이다

돗자리는 넓어지고
그가 떠난 자리에 봄이 삐죽 돋아나고 있다

섬

역마살 낀 사내
출렁이는 파도 한 자락 챙기고 있다

질주했던 젊음의 기억
청계산 백운산 한 귀퉁이
늘 마음 설레게 한 바람의 입김도
차곡차곡 넣는다
이렇게 넣어야 할 것들이 많았던가
물과 체관 오르는
어미의 힘찬 심박동 소리가
커다란 입 앞에서 들릴 듯 말 듯하다
싱싱했던 무르팍
포식자의 크르릉크르릉 식탐에
골다공증 걸려
배낭 한 구석에 넣어야 한다
섬이 된다는 것이 훌훌 털어 버리는
먼지인 줄 알았는데
들숨 날숨 가쁘다

물방울이 먼저 떠난다
—내일은 지금이고 오늘이다 떠나라
어미는 무거운 팔 흔들어 바람 한 줌 뿌려 준다
—가슴우리를 단단하게 할게요
사내는 정처 없이 발길 옮긴다
사내가 떠난 자리
화려한 간판이 영업 중이다

어미 가슴에 섬 하나 생긴다

돼지

트럭에 실리는 돼지들
제 살던 돼지우리
떠나는 길
악다구니 쓰면서 버티는 힘
불안은 눈 아래
진창에 섞여 있다

돼지를 부리는 남자
우리 빠져나온 돼지 잡을 때나
병든 돼지 떼어 메고 나오는
늘 봐도 낯선 얼굴
똥 더미 위에서 석양을 보며
우즈베키스탄으로 돌아가고 싶어 하던 남자

오늘 그 남자가 반듯이 누워 차에 실려 간다

웃을 때마다 보이던 사막 닮은 표정이
우리로 돌아가려는 돼지와 사투를 벌이던 곳

하나가 된 그들
허름한 집 한 채
차지하지 못하고
울음소리 꽉 찬 트럭이 멀어진다
냄새만 풀풀 날리고

천형을 목덜미에 얹고 태어난 돼지
웃음은 죽음 이후의 것
들것에 누운 얼굴
하늘을 볼 수 있는
웃을 수 있는
비전 몇 장에 취해 볼 수 있는

소원이
비로소 이루어진다

역류하고 있는 아득한 저 아래

꽃씨를 심고 화분에 물을 주고 꽃이 피기를 기다리고

수챗구멍이 씨앗을 붙잡고 있다
깜깜하고 막막한 뿌리를 가지고 있는 꽃씨
길고 긴 미궁이 꽃 한 송이를 쥐고 있다

지난겨울 수챗구멍이 얼고
먼지에도 내려앉지 못한 씨앗 하나가 착지한
아득한 미궁도 얼었다
한동안 흘러내리지 않겠다는 듯
추위가 가득했다
오늘 베란다 수챗구멍에
싹이 텄다
활짝 꽃핀 아득한 아래가 역류한 것이다

두 바퀴로 가는 자동차*를 움직여야 하는 사람들
아득한 아래에서 와락** 껴안은
수채의 미궁이 꽃대 같다

깊은 미궁의 색이 어둠이라면
기꺼이 어둠을 뿌리로 삼겠다

* 2012년 6월부터 10월까지 쌍용자동차 해고 노동자와 가족, 지역 주민과
함께하는 문학 콘서트 제목.
** 쌍용자동차 해고 노동자와 가족을 위한 심리치유센터 이름도 '와락'이다.

식어 가는 식탁

오늘의 목소리를 기억해야 한다
식탁 위에 차리는 따듯한 음식은
너의 오늘을 위하여
나는 너의 이름을 부를 뿐
여기에 오늘은 우리에게 미래가 되어
우리 안에서 식어 가리라

1

너를 부르면 물결만이 대답하는 시간
마중 나가도 오지 않는 너의
여기는 어제의 집이 아니요
어제의 바람이 아니다

서둘러 가 버린 길
챙기지 못한
무너지는 억장과 사랑을 풀어놓는다

장조림과 잡채도 가득 담았다

기막힌 울음이 다녀가고
지독한 죽음의 냄새가 덮어 버린
팽목항 밥상엔 갈매기도 기웃거리지 않는다

자본주의의 거인이 아이들을 잡았다
나사 잃은 회전목마처럼 사람들 사이 여울목

식기 전에 밥 먹어라, 이것아

오지 않을 미래가 식어 간다

2

노탐*은 없었다
말레이항공 MH17은 그날의 하늘을 날았다

추락은 예고된 바 없었다

교과서에서 아직 죽음을 공부한 적 없는
수십 명의 어린이는 꿈의 비행을 했을 뿐이다

편식하는 손녀가 잘 먹던 케이크와 파인애플을 차렸다
지난여름 웃음 가득 담긴 코알라 인형도 준비했다
죽음의 맛이 무호흡으로 몇 숟가락 기울어져 있다

여덟 살 생일 파티가 격추되었다

오지 않을 미래가 식어 간다

3

사이렌은 대피 신호가 아니라 학살 경고다
피의 가자 지구가 일상어가 되었다

갈가리 찢겨 분명치 않은 소매를 잡고
배고픈 깜깜한 아우성을
야채 수프 하나로 견딘 지난밤이
마지막 만찬이었다

신의 땅에 신은 없고
폭탄과 총성은 깨진 시간도 휩쓸고
암묵적 동의는 어린이의 목숨 값으로 표출되었다

라마단, 금식을 올린다

오지 않을 미래가 식어 간다

* NOTAM: 항공기의 안전 운항을 위하여 관계 기관이 승무원에게 제공하는 여러 가지 정보. 항공·운항 업무 및 군사 연습 따위의 정보가 제공된다.

돼지엄마 신돼지엄마 말엄마

1

아이들이
엄마들이
사라졌다고 한다

휴대 전화 번호 속으로 들어간 소문은
감추는 것이 많고
책가방의 무게는 바뀌는 입에 비례하여
휘날린 자리엔 숫자 몇 개와 영단어 몇 개가 남아
밤새 울었다고 한다

간혹
돼지엄마를 찾는
새끼돼지엄마들이 앉았다 간 동네 커피점엔
빵 조각이 떨어져 있지만
돼지엄마가 다녀간 날은
헤이즐넛 향기조차 남아 있지 않았다고 한다

점점
돼지가 되어 가는 아이들과 새끼돼지엄마들은
돼지엄마를 신봉하여
은밀하게 신전을 지어 놓고
절대적인 몰입과 시험지를 즐기다
인간의 영역을 침범하는 경우도 있다고 한다

오늘
한 아이가 번호 속에서 뛰쳐나왔고
새끼돼지엄마도 되지 못한 아이의 엄마는
그들만의 정보에서 방출되었다고 한다

   2

여전히
아이들이 사라졌다고 한다

나이가 어려졌다는 소문은
걸음보다 먼저 배우는 것으로 사실임이 밝혀졌다고 한
다

3

더 이상
아이들은 사라지지 않았다

뛰는 말은 상식을 뛰어넘었다

그날에

마른 울음을 움켜쥔 두 손 마주할 수 없어
낮게 더 낮게 허리 구부리다 엎드립니다

이지러진 인간의 섬뜩한 손길에
비뚤어진 폭력의 악랄한 발길에
해사한 열다섯 소녀는 죽음 같은 죽음을 살았습니다
꽃의 이름에 남겨진 멍에는 다시 꽃으로 피어납니다
어둠을 풀면 길고 긴 숨결이 풀려나오고
달은 차오르듯
사람이 사람이 되는 세상을 만들고자 하는 맨발

끊임없이 묻는 말이 진심 어린 사과로 돌아오는
그날에
일어서겠습니다

근원적 감각을 통한 기억과 꿈의 형식
—이지호의 시 세계

유성호(문학평론가, 한양대학교 국문과 교수)

1.

　이지호의 첫 시집은 낭만과 참여, 내면과 타자의 목소리가 결속한 밀도 있는 감각과 사유의 도록(圖錄)이라고 할 수 있다. 가령 시인은 우리가 살아가면서 겪는 내면과 일상과 역사의 밝고 어둑한 양면성을 두루 투시하면서, 삶의 심층까지 내려가려는 정신적, 언어적 모험을 마다하지 않는다. 이처럼 그녀에게 '시'란 첨예한 일종의 감각 형식으로서, 스스로의 경험적 사유를 감각으로 수렴하면서 존재하는 운동체이다. 그 점에서 이지호 시편은 삶에서 만나는 경험과 기억 들을 심미적 감각의 형식으로 담아내는 독특한 미학적 실체라고 할 수 있을 것이다.

　또한 이지호 시학은 감상(感傷)의 배제를 동반한 단정한 감각의 세계이고, 나아가 시인은 자신의 실존적 고백과 다짐을 그 감각에 부가해 가는 형식을 취하고 있다. 그녀의 시편이 한결같이 속 깊고 단정한 전언(傳言)을 보여 줄 수 있었던 것도, 이러한 독특한 감각의 형식 때문이었을 것이다. 그렇게 이지호 시학의 한편에는 우리가 망각하고 있는 것들에 대한 복원의 꿈이 담겨 있고, 다른 한편에는 삶의 구체를 통한 가치 실현의 감각이 깊이 담겨 있다. 이제 천천히, 근원적 감각을 통한 기억과 꿈의 형식을 완성해 가는 이지호 시학의 투명한 경개(景槪)를 한번 들여다보도록 하자.

2.

이지호 시학에서 우리의 시선을 끌어당기는 힘은 사물이나 대상을 바라보고 전유하는 따뜻한 마음에서 먼저 발원한다. 그렇게 이지호의 시는 우리가 근대의 정점에서 겪었던 정신적 폐허에 대한 근원적 반성의 계기를 만들어 내면서, 타자들을 향해 관심과 연민과 사랑의 마음을 가지는 것이 얼마나 중요한지를 알려 주는 지남(指南)으로 다가온다. 따라서 그녀의 시는 타자들을 향한 연민과 사랑으로 원심적 확장을 보이다가, 다시 자기 자신으로 회귀해 들어오는 구심적 감각의 힘을 동시에 가지면서 우리를 한

없이 매혹해 간다. 먼저 다음 시편을 읽어 보자.

어느 날 돼지들이 사라졌다.

노란 우의를 입은 사나이가 피리를 불었다고 했다. 꽥꽥 노래를 부르고 춤을 추며 돼지들이 따라나섰다 했다. 돼지를 몰고 가는 바람의 목관에 몇 개의 구멍이 있었다고 했다. 그 구멍 속으로 돼지들이 산 채로 묻혔다고 했다.

마을에 낯선 투명한 음계들이 떠다닌다.
마을의 지하 군데군데가 팽창하고
증오는 모두 네 개의 발자국을 가졌다는 소문이 돌고
막걸리잔에 붉은 핏발들이 가라앉았다.

골목엔 안개가 돌아다니곤 했다고 했다. 그 위로 은화 같은 봄꽃이 떨어지고 몇몇은 돼지 발굽 모양이라고 우기기도 했다. 돼지들이 사라진 마을에 꽥꽥대는 고요가 돌아다닌다고 했다. 텅 빈 돈사마다 기르던 예의를 가두고 조용히 문을 닫았다고 했다.

병든 발굽을 하고 봄이 지나가고
음계의 어느 쉼표에도 돼지들이 살지 않는다.
포클레인 몇 대가 지방도를 따라 지나갈 뿐

사라진 돼지들이
우적우적 마을을 먹어 치우고 있다.

그리고 어제
최씨 성을 가진 한 사내가 빈 돈사에 목장을 맺고 오늘
마을 입구로 포클레인 한 대가 천천히 들어오고 있다.
                                    ─「돼지들」전문

최근 빈번하게 일어난 구제역 가축 살처분 현장을 첨예
한 대상으로 삼은 이 시편은 사실과 우의(寓意)의 속성을
선명하게 결합하고 있는 독특한 작품이다. 그렇게 돼지들
이 사라진 어느 날, 시인은 생명의 심층적 차원을 깊이 사
유해 간다. 여기서 '피리 부는 사나이'는 어느 마을에 나
타난 쥐 떼를 피리로 유인하여 소탕한 줄거리를 가진 서양
동화(童話)를 빌린 형상이다. 여기서도 돼지들은 노래를 부
르고 춤을 추며 그 피리 소리를 따라나섰고, 그리고는 쥐
떼처럼 산 채로 묻혔다. 그 결과 마을에는 낯설고 투명한
음계들이 떠다니고, 지하 군데군데가 팽창하고, 서로를 향
한 증오가 떠돌게 되었다. 안개와 고요가 감싼 마을에는
"병든 발굽"을 한 채 봄이 지나가고, 포클레인을 통해 사
라진 돼지들은 마을을 천천히 먹어 치워 간다. 그 파생적
현상으로 한 사내가 "빈 돈사"에 목장을 맺고, 또 포클레
인이 마을로 들어오는 풍경이 따라온다.

여기서 시인이 응시하는 이러한 묵시록적 장면은 그 자체로 세계의 폭력성에 대한 알레고리를 담으면서, 동시에 "빈 돈사"가 되어 가는 우리 시대의 폐허 형상을 암시하고 있다. "생의 물매를 맞은 심장"(「소리가 끌고 간 저녁」)이 그 안에서 어른대고, 생명들은 "어느 곳에도 속할 수 없다는 슬픔"(「풍천장어」)으로 충일하다. 이는 타자를 향한 원심의 연민에서 출발하여 자신이 살아가는 동시대에 대한 형상적 탐구로 이어지는 이지호 시학의 궤적을 잘 보여 주는 작품이 아닐 수 없다. 그래서 우리는 이지호 시편을 통해 "아침을 깨우는 아우성이 땅속에서"(「조류 독감」) 들려오는 것을 느끼게 되고, 비극적으로 사라져 가는 "죽음을 기록하는 선명한 무늬"(「무늬의 극」)를 목도하게 되는 것이다. 다음은 어떠한가.

가로등 아래 노인이 폐지를 줍고 있습니다
경적이 울려도 날파리들이 몰려들어도 꿈쩍 않습니다
방해할 수 없는 역사 같습니다
문장과 문서를 수집하는 중입니다
빛나는 문장 몇 개는 이팝나무가 가져갑니다
나무에 흰 꽃숭어리들이 신성하게 피어납니다
저쪽 다른 시계에 맞추어 나타나는 노인
수레를 끌고 어디로 사라지는지 아무도 모릅니다

가지의 그늘에 꽃 피는 철이 흔들립니다
비문 가득한 문장의 해독은 나뭇잎 몫이겠지요
해독된 글 위에 다시 쓰이는 문구들
밤마다 이팝나무가 쓴 파지들은 어디로 갔을까요
쓸모없어지는 문자들의 무덤이 있을 거예요
이상하지요 그 파지는 줍지 않습니다
수집된 문장이 차곡차곡 쌓인 커다란 수레
썩어 갈 문자가 표백되어 여백의 봄이 되겠지요
수레가 움직이자
스쳐 지나가는 차량들이 한 문장 같습니다

노인이 떠난 자리
여러 문구가 만든 긴 문장이 나무에 모여 있습니다
올해도 풍년 들어 흰쌀밥 배불리 먹을 것이라는
교지처럼 흔들립니다

                   -「이팝나무 교지」 전문

  이번에 시인의 따듯한 시선이 가닿은 대상은, 가로등 아래서 폐지를 줍고 있는 한 노인이다. 한 시대의 가난의 표지(標識)이자 소외의 표상일 이 노인 형상은, 그 자체로 시인의 관심이 귀속되는 준거들을 처연하게 암시해 준다. 어떤 외적 자극이나 반응에도 꿈쩍 않는 "방해할 수 없는 역사" 같은 노인의 움직임을 따라, 이팝나무가 "빛나는 문

장 몇 개"를 가져가고 그 나무에 "흰 꽃송어리들"이 신성
하게 피어난다. "다른 시계"에 맞추어 나타나고 사라지는
노인은, 그 점에서 문장을 수습하고 또 파지에 파지를 거
듭하면서 글 위에 글을 다시 써 가는 '시인'의 형상을 은유
한다. "쓸모없어지는 문자들의 무덤"을 지나 "수집된 문장
이 차곡차곡 쌓인 커다란 수레"를 끌고 가는 노인의 실존
적 모습이야말로, "한 문장"처럼 이어지는 세계를 응시하
고 해석해 가는 시인의 직능을 암시해 주기 때문이다. 또
한 이팝나무의 "흰쌀밥" 형상이 교지처럼 흔들리는 순간
을 목격한 시인은, 그렇게 '노인=나무', '폐지=파지'의 의미
론적 그물망을 만들어 가면서 동시대의 타자들을 응시하
고 안아들이는 시인의 몫을 강조하고 있다. 이 또한 이지
호 시학의 궁극이 어디에 있는가를 다시 한 번 보여 주는
실례일 것이다.

　그만큼 이지호는 우리를 감싸고 있는 "우주의 저 눈빛
들"(「텅 빈 행성」)을 통해 "말이 없는 썰물의 저편에서 자랄
새로운 언어"(「물의 뼈가 녹아내리다」)를 지속적으로 일구어
간다. 그리고 우리는 이지호가 보여 주는 이러한 타자를
향한 원심과 자기 자신으로 돌아오는 구심의 운동을 다시
한 번 선명하게 경험하게 된다. 사물에 대한 새로운 의미
부여와 함께 그것을 자신의 삶과 등가적 원리로 결합하는
은유적 속성을 구현해 가는 이지호 시학의 진면목이 우리
의 주의를 요청하는 순간이 아닐 수 없다. 그렇게 이지호

의 시는 따뜻한 응시의 힘으로 사물과 현상에 다시 활력과 생명을 불어넣는 시적 상상의 과정을 이어 갈 것이다.

3.

원초적으로 서정시는 자기 표현의 발화를 통해 시인 자신의 자의식을 첨예하게 드러내는 양식이다. 이때 자의식을 구성하는 질료는 시인 자신이 몸소 겪어 낸 구체적 원체험일 것이고, 그러한 체험을 기억해 내고 표현해 내는 원리가 바로 삶을 순간적으로 파악하는 감각일 것이다. 이지호 시편에는 이러한 감각의 운동이 다양한 무늬로 펼쳐져 있다. 일찍이 발레리는 시정신에 관하여 "숭고한 아름다움에 대한 인간의 열망"이라고 말한 바 있는데, 이지호의 첫 시집은 그렇게 반짝이는 감각을 통해 숭고한 아름다움에 대한 열망을 토로하는 형식으로 다가온다. 이때 그녀의 상상력은 익숙한 자연 예찬이나 커다란 이념 지향으로 흐르지 않고, 사물의 구체성과 함께 인간의 근원적 존재 원리에 대한 사유와 탐색이라는 차원을 구축해 가게 된다. 그 점이 바로 우리 시대의 시들이 보여 주는 이미지의 난장(亂場)으로부터 그녀의 시를 구해 내는 중요한 원리로 작동하고 있다.

건물을 오르고 남겨진 그림자가 만든 계단

누가 저 계단을 밟고 오를 수 있을까요

빛이 말해요
누워 있으라
빛의 말대로
건물들이 잠깐 누워 있는 오후
서성거리는 날이 잦아요
검은 계단 끝을 잡고 반지하 현관까지
끌어당겼는데
사라져요

타인의 거리를 인정하면 밟을 수 있을까요

이웃을 보는 일 참 어려워요

계단을 가지고 있는
변두리의 날개는 대부분 지하에서 생긴다지요
어깻죽지에선 계단이 생기지 않고
날아오르고 싶은 마음이 생기면
검은 계단을 찢어 버리고 싶을 때가 있어요

켜켜이 쌓인 날개에
묵은 야성의 그림자라도 얹어 줄까요

가끔 방향을 상실하는 계단
햇빛이 가득하면 무너지는 계단
문을 꽝 닫는 계단

－「검은 계단」 전문

이 개성적인 작품은 "건물을 오르고 남겨진 그림자가
만든 계단"을 상상적으로 형상화하고 있다. 여기서 '계단'
의 이미지는 여러모로 우리 삶의 심층을 비유하는 소임
을 다하고 있다. 가령 그 이미지는 빛이 들지 않는 지하에
서 "변두리의 날개"처럼 사라져 가는데, 시인은 이 이미지
를 좇아 "타인의 거리"를 인정하면서 이웃을 바라보는 일
이 얼마나 어려운지를 고백해 간다. 그리고 그 "변두리의
날개"를 통해 "날아오르고 싶은 마음"을 가지면서, "켜켜
이 쌓인 날개에/묵은 야성의 그림자"를 얹어 간다. 이렇게
빛의 반대편에서 사라져 가고 무너져 가는 "검은 계단"이
야말로 시인의 내면적 정황을 유추적으로 암시하면서, 더
크게는 우리 삶이 가지는 심층적 어둠함과 유한성을 동시
에 내비친다. "어디에 머무른다는 것은/그곳에 무게를 내
려놓고 있다는 것"(「낚이다」)일 터인데, 시인은 그렇게 삶의
순간순간마다 "길어지고 짧아지는 바닥"(「고무줄」)을 노래

함으로써 스스로 '바닥(bottom)의 시인'임을 증명해 낸다. 그만큼 그녀의 시 안에는 "중심에서 변방으로 몰려가는 저무는 말"(「보석함」)이 가득하다. 하지만 그 어둑함 뒤로 낭만적 초월 의지도 있어서 그녀 시의 음역(音域)을 풍요롭게 해 준다. 다음 작품을 보자.

　　작은 웅덩이에도 하늘은 담긴다

　　빗방울이 먼저 떨어지고 뒤이어 파문이 인다
　　꽃이 피는 저수지
　　어느 때에는 바람의 일가가
　　주변 버드나무로 살다 가는 것을 본 적이 있다

　　별의 거울에 오늘은 비가 내린다 은하에 모여드는 별자리가 수면에 떠 있다 오래전 청룡이 날아간 뒤로 곡식의 마디나 키우고 있는 저수(氐宿) 작은 파문이 모여 큰 파문이 되기도 했다

　　물 고인 곳마다 은하계다
　　그곳에 사람 하나 없겠는가
　　아침부터 저수(貯水)를 빼고 있는 양수기 몇 대

　　마을의 어린 행방이 궁금할 때면 두꺼운 물의 뚜껑을 열

곤 했다 낚시꾼이 앉았던 의자며 기물이 모습을 드러냈지만
함께한 하늘과 별과 빗방울은 어디로 갔을까

　하늘이 통째로 사라진 물속
　사람 하나 사라지는 건 일도 아니다

　물을 먹은 것들은 모두 별자리 모양
　어제와는 다른 각도로 물푸레나무가 서 있다
－「별의 거울」 전문

　이 아름다운 작품은, 작은 웅덩이에 빗방울이 내리고
그 파문이 하늘을 담아내는 과정을 심미적으로 표상해 간
다. 시인은 "별의 거울"에 비가 내리고 "은하에 모여드는
별자리"가 고스란히 수면에 떠 있는 것을 바라본다. "작은
파문이 모여 큰 파문이 되기도" 했던 시간 동안 "물 고인
곳"에서 은하계를 발견하고, 나아가 "꽃이 피는 저수지"와
함께했을 "하늘과 별과 빗방울"을 한껏 상상해 본다. 물속
으로 모든 것이 사라져 가는 동안, 별자리처럼 물푸레나무
가 서 있는 풍경을 통해, 시인은 때로는 "보이지 않는 엄마
라는 별"(「엄마의 바탕」)을 상상하기도 하고, 때로는 "물결
만이 대답하는 시간"(「식어 가는 식탁」)에 가닿기도 한다. 그
래서 이 시편은 '별'의 낭만적이고 초월적인 속성이 그대로
거울처럼 비치는 운동이 잘 부조(浮彫)되어 있는 작품이 아

닐 수 없다.

사실 모든 신성한 것은 삶의 구체성과 만나 '시적인 것'을 하나하나 이루어 간다. 또한 삶의 다양한 모습 속에 숨은 신성한 것들에 귀를 기울일 때, 우리는 이 세상에서의 힘겨운 삶을 치유하는 시적 경험을 하게 되기도 한다. 이지호의 시 세계는 이러한 삶의 다양한 파문에 대해 나직한 육성을 들려주고 있다. 그것은 타자의 세계를 연민하는 세계이고, 삶의 의미가 안개 속에 가려 모호해진 시대에 찾아 나선 시원(始原)의 세계이기도 하다. 어두운 '계단'을 지나 '별'의 심미적 심상에 도달하는 동안 그 시원의 탐색은 그녀만의 구체성을 얻어 가고 있는 것이다.

4.

그런가 하면 이지호는 구체적이고 명료한 시적 대상을 노래함으로써 관념적이고 모호한 속성들을 시적으로 갱신해 간다. 또한 자신이 걸어온 삶의 궤적 가운데 특별히 시쓰기의 자의식을 또렷하게 형상화함으로써, 시에 대한 존재론적 질문도 간단없이 수행해 간다. 그렇다고 이지호 시편이 소박한 깨달음의 세계로 퇴행하고 있다고 예단해서는 안 된다. 오히려 그녀의 시는 꿈과 현실을 넘나들면서 우리가 잃어버린 시원의 세계를 탐색하는 속성을 집

중적으로 보여 줌으로써 긴장을 늦추지 않고 있기 때문이다. 사실 모든 서정시는 꿈과 현실, 상상과 실재 사이의 긴장 속에서 착상되고 완성되는 것이 아닌가. 그래서 이성의 통제에 의한 현실 인식이나 감정 과잉에 감싸인 몽상으로는 인간의 복합적 정서를 파악할 수 없을 것이다. 그 점에서 이지호 시편은 어둑한 현실을 순간적으로 드러내면서도 그것을 치유하거나 초월할 수 있는 세계를 마련하여 현실과 꿈의 접점을 노래하고 있기 때문에 주목해 마땅하다. 그 꿈이야말로 우리 삶 곳곳에 배어 있는 폐허를 치유하고 새로운 상상력을 추구하게 하는 형질이 되어 줄 것이다. 다음 시편은 그러한 꿈의 상상력을 보여 주는 좋은 사례에 속한다.

불을 내장으로 가진 고래는 불의 심연에서 태어났다 구들장 사이 유영한 고래의 흔적은 아랫목 온기로 종류를 표시하기도 했다 살아가는 방식이 불인 고래는 굴뚝으로 초음파를 보내거나 바람 속으로 흩어졌다 마을, 저녁때면 떼 지어 다니는 모습이 매일 목격되곤 했다 어느 봄날엔 앞산에서 하얀 벚꽃으로 휘날리기도 했다

아궁이에 불이 식으면 북극 바다로 떠나갔는지 한동안 자취를 감추기도 했다 서릿발이 앉을 무렵 더 자주 목격되던 굴뚝으로 나오는 흰고래를 보았다

보일러가 아궁이를 삼키면서 물을 내장으로 가진 파충류
가 살고 있다 불의 내장으로 헤엄치는 흰고래를 더는 볼 수
가 없다 초음파를 날리던 굴뚝도 차츰차츰 자취를 감추었다

성에 낀 유리창에 고래를 그리는 어린 손
아랫목에서 언 손을 녹여 주던 고래의 파장을 떠올려 보
지만 먼 북극 바다로 떠난 고래는 돌아오지 않았다 어쩌다
어미 잃은 새끼 고래 한 마리가 산기슭 돌담이 무너진 작은
집에서 목격되곤 할 뿐이다 가끔 커다란 굴뚝에서 포착된
사진은 고래 같았지만 고래를 흉내 낸 일렁임이었다
                            ―「흰고래가 살고 있었다」 전문

1970년대 최인호 원작 영화 「바보들의 행진」의 주제곡인
「고래사냥」을 기억하는 이들이라면, 그 노랫말 가운데 "신
화처럼 소리치는 고래"라는 표현에 전율을 느끼던 때가 있
었을 것이다. 그만큼 낭만과 꿈을 집약해 놓은 '고래'라는
뜨거운 상징은 '신화(神話)' 속에나 있을 법한, 그래서 이
속된 현실에는 존재하지 않는 어떤 유토피아적 속성을 띤
것이었다. 하지만 '유토피아(utopia)'는 가고자 하는 열망과
갈 수 없는 절망 사이에 존재하는 것이 아닌가. 그 상실된
세계에 대한 꿈이 우리를 살아가게 하는 역설의 힘이 된다
는 점에서, 그런 꿈을 매일 꾸는 시인의 고백은 역설적 삶

의 의지로 가득한 것이 아닌가.

 이지호는 "불을 내장으로 가진 고래"를 상정하고 불의 심연에서 태어난 '흰고래'가 구들장 사이를 유영하면서 아랫목 온기의 흔적을 남긴 것을 상상해 간다. 그렇다면 시인이 만들어 낸 '흰고래' 이미지는 무엇을 말하는 것일까. 여기서 '흰고래'는 '불'의 이미지를 내장한 연기의 형상으로 다가온다. 굴뚝으로 초음파를 보내기도 하고, 바람 속으로 흩어지기도 하고, 떼 지어 다니기도 하고, 하얀 벚꽃으로 휘날리기도 하고, 한동안 자취를 감추기도 한다. 그런데 어느 겨울날, 굴뚝으로 나오는 "흰고래"는 자취를 감추고, "성에 낀 유리창에 고래를 그리는 어린 손"만이 "언 손을 녹여 주던 고래의 파장"을 상상할 뿐이다. 그렇게 '흰고래'는 불의 온기로 언 손을 녹여 주던 신화를 품으면서, 이제는 그러한 세계가 존재하지 않는다는 상실감을 전해 주는 상징으로 거듭난다. 하지만 여전히 그 안에는 "뛴다는 말끝에/살아 있다는 말끝에/서로라는 말끝에/매달린 심장"(「우리는」)이 녹아 있고, "뿌리를 내릴 수 있는 힘"(「부유하는 평수」)과 함께 "먼 길 헤엄쳤을"(「목어」) 열망을 동시에 떠올리게 해 주는 힘이 들어 있다. 그 시원의 열망이 동시대의 구체성과 만나는 다음 장면을 이어서 보자.

　　빛의 함성이 모인 광장
　　빛 한 덩이가 꺼지면서

어둠이 터져 나왔다
단 한 번의 침묵을 위해
빛을 키워 온 컵과 액정이 호흡을 멈춘다
어둠도 모이면 날카로운 소리를 가진다

경찰차벽 울타리에 꽃들이 매달려 있다
상식과 예의가 만든 모순의 벽
끌어모은 사각의 불안이
울타리의 고요를 관장한다
울타리를 지키는 따끔거리는 말
몰입된 거리의 빛
바람의 연주가 키우는 빛의 소리
가득하다

황홀한
저항시

                              —「광장의 빛」 전문

　시인은 광장에서 경험하는 "빛의 함성"이나 "단 한 번의
침묵"을 우리가 써 가는 궁극의 "황홀한/저항시"에 비유한
다. 빛이 꺼지는 순간 어둠이 터져 나오고 어둠도 모이면
날카로운 소리를 가지듯이, "바람의 연주가 키우는 빛의
소리"는 광장을 가득 채우면서 한 시대의 예리한 단면(斷

面)을 확연한 이미지로 보여 준다. 이처럼 이지호는 자신의 시학이 "빛을 키워 온 컵과 액정" 혹은 "몰입된 거리의 빛"에 있음을 고백하면서, 부패와 결탁으로 얼룩진 한 시대를 환하게 비추어 간다. 서정시가 지향해야 할 "무늬의 천직"(「청자 상감 운학문 매병青瓷象嵌雲鶴文梅甁」)이 이렇게 "끊임없이 묻는 말"(「그날에」)을 통해 "새 이름이 적힌"(「이름을 바꾼다는 것」) 세계로 나아가는 데 있다는 사실을 이지호는 분명하게 선언하고 있는 것이다. 그러니 자연스럽게 "숲이 되지 못하는/기록되지 않은 풀의 시간"(「한계령풀」)을 그녀가 이렇게 선명하고도 충실하게 기록해 가는 것이 아니겠는가.

우리가 잘 알고 있듯이, 사물의 속성이나 징후는 한동안 그것을 규율하다가 세월의 풍화를 겪으면서 차츰 소멸되어 간다. 하지만 한편으로 우리는 이 소멸의 실재들이 또 다른 생성을 준비하는 불가피한 방식이라는 것을 잘 알고 있다. 아니, 소멸의 안쪽에 오히려 생성의 기운이 충실히 잉태되고 있는 것이라고 하는 편이 옳지 않을까 한다. 이 모든 것이 우리가 완전하게 고립된 단독자(單獨者)가 아니라, 소멸 과정을 통해 서로의 몸에 각인되는 상호 결속의 존재임을 알려 준다. 이지호 시학의 지평은 이러한 상호 결속과 파문 속에서 발원하고 있는 것이다.

5.

그렇다면 우리가 세상의 속도감과 새것을 향한 짓눌림에
의해 망각하고 있던 시적 원리이자 속성은 무엇일까. 그것
은 인간의 실존을 낱낱이 형상화함으로써 구현해 가는 근
원에 대한 관심이라고 할 수 있을 것이다. 이지호의 시선은
바로 그곳을 향한다. 그리고 이러한 작업이 이지호에게는
서정시가 해야 할 양도할 수 없는 일이기도 한 것이다. 그
녀의 첫 시집은 이러한 웅숭깊은 근원에 대한 감각과 사유
로 무장하고 있다. 그 점, 그녀를 우리 시단의 오롯한 의미
론적이고 감각적인 사제(司祭)로 만들어 갈 것이다.

능동적 힘을 통해 자신을 더 높은 수준으로 끌어올리기
위한 성숙의 변신을 이룩하지 못하면 예술가의 자기 갱신
은 이루어질 수 없을 것이다. 그 점에서 일급의 예술가는
그 성숙의 변신을 위해 근원적인 자기 갱신 과정을 이루어
가게 마련이다. 우리는 이지호가 기억과 꿈의 형식을 아름
답게 보여 준 첫 시집을 넘어, 그 성숙의 변신을 성취하는
차원으로 비상해 가기를 기대한다. 그리고 이러한 근원적
감각을 통한 기억과 꿈의 형식이, 심미적 성취를 바탕으로
하면서도, 더욱 깊은 진경(進境)으로 나아가기를, 마음 깊
이 소망해 본다.

시인수첩 시인선 008

말끝에 매달린 심장

ⓒ 이지호, 2017

초판 1쇄 발행 2017년 9월 25일
초판 2쇄 발행 2018년 2월 9일

지은이 | 이지호
발행인 | 강봉자·김은경

펴낸곳 | (주)문학수첩
주   소 | 경기도 파주시 회동길 192(문발동 513-10) 출판문화단지
전   화 | 031-955-4445(대표번호), 4500(편집부)
팩   스 | 031-955-4455
등   록 | 1991년 11월 27일 제16-482호

홈페이지 | www.moonhak.co.kr
블로그 | blog.naver.com/moonhak91
이메일 | moonhak@moonhak.co.kr

ISBN 978-89-8392-669-2 03810

「이 도서의 국립중앙도서관 출판예정도서목록(CIP)은 서지정보유통지원시스템
홈페이지(http://seoji.nl.go.kr)와 국가자료공동목록시스템(http://www.nl.go.kr/
kolisnet)에서 이용하실 수 있습니다.(CIP제어번호: CIP2017021814)」

이 책은 2016년 대산문화재단 대산창작기금의 수혜를 받았습니다.

• 파본은 구매처에서 바꾸어 드립니다.